رواية

زوج ابنتي

د. جُمان الريحاني

إهداء..

إهداء إلى الفن وحب الفن لذات الفن

إهداء إلى كل فنان

إهداء إلى السينما والقصص وراء الكواليس

إهداء إلى الحكايات وراء الكاميرا بكل مشاهدها ولقطاتها

إهداء إلى القصص الحقيقية التي كتب القدر سيناريوهاتها ولم تكتبها أيادي البشر بأقلام من حبر جاف

جمان الريحاني

مشوار في بدايته

سامح شاب طموح، لم يكن لديه الحظ فهو لم يكمل تعليمه وأيضا لم يتحصل على العمل الذي يجعله يحيا حياة سعيدة.

ولكنه كان طموحا لأنه لطالما أراد أن يتحصل على ثروة وهذا حلم الجميع، ولكن الفرق بينه وبين الأثرياء هو انه كان يحلم بالثروة فقط ولا يفكر في الطريق الصحيح الذي قد يوصله إلى ذلك الحلم وفي الوقت المناسب.

ولكنه كان مقتنعا بأمر واحد الا وهو الحظ، فقد

كان يقول:

الحظ يصنع المعجزات

الحظ يبني الإمبراطوريات

الحظ يجعله من الممكن أن تعيش في قصر على

السحاب

الحظ سحابة قررت أن تمطر على ارض كانت بالذات

حظ الأثرياء هو المال

وحظ الأغبياء لا يستيقظ ولو بألف سؤال.

الفن صعب

تعود سامح على التردد على إحدى المقاهي الشعبية والتي في حارته وغير بعيدة عن بيته، أو بيت والديه فقد كان في سن الحادية والعشرون عاما ولكنه لازال يعيش في بيت والديه.

لقد كان يعيش مع والدته العجوز بينما توفي والده منذ زمن ولكن الوالدة هي من تتولى الأشراف على

البيت والمصاريف من راتب تقاعد زوجها المتوفي
والذي لم يكن كثيرا.

لقد كانوا فقراء كما أن غلاء المعيشة كان يزداد
وسامح لا يعمل ولا يساعدها.

لكنه كان يقول لها الأمر ليس في يدي وسوف
اعثر على فرصتي يوما ما وأعوضك يا أمي.

فكرة من وحي المقاهي

كان سامح يجلي في المقهى بلا مال، أحيانا يتناول المشروبات وأحيانا يكتفي بالجلوس هناك وخاصة إن لم يكن هناك اكتظاظ وبهذه الحالة هو لا يشغل مكانا وبلا مال.

لقد كان يملأ وقت فراغه والذي هو طوال الوقت بالجلوس في المقهى أحيانا وخاصة إن لم يكن يبحث عن عمل في الشوارع يهيم على وجهه.

لم يكن سامح ليحب الأعمال البسيطة ولا التي بلا مستقبل، لقد كان حقا يرى نفسه مليونيرا.

وفي يوم وبينما هو جالس في المقهى التي غالبا ما تضع بعض الأغاني، ولكن في ذلك اليوم لم يكن هناك الكثير من الزبائن وهذا ما جعل العامل هناك يشغل فيما على التليفزيون وكان الشاب بسيطا ولا يمكن تلفازا في بيته لذا كان يقضي بعض الوقت الممتع في المقهى في غياب الزبائن.

كان الشاب يقضي وقتا ممتعا حقا وهو يكلم سامح ويقول له:

هل تعلم أمرا؟

سامح:

أمر مثل ماذا؟

عامل المقهى:

أجمل مهنة في العالم؟

سامح:

وما هي؟

عامل المقهى:

التمثيل

سامح:

التمثيل؟

عامل المقهى:

أجل التمثيل

سامح:

تقولها وأنت مقتنع حقا

عامل المقهى:

طبعا أنا مقتنع فأجمل مهنة في العالم هي التمثيل

سامح:

هل كنت تريد أن تصبح ممثل؟

عامل المقهى:

أنا أعلم بأن هذا حلم لا يمكن أن يتحقق ولكني معجب بمهنة التمثيل حقا

ولكنه حلم والحلم هو من حق الجميع كما انه...

سامح:

كما أنه ماذا؟

ضحك عامل المقهى:

كما أنه مجاني، أجل مجاني

سامح:

وما الذي يعجبك في التمثيل؟

عامل المقهى:

التمثيل يجعلك تشعر بالقوة والفخر ويمكنك التمثيل من أن تشغل مناصب عالية ومهمة وكبيرة

يمكنك أن تمثل دور مليونير

دور ملياردير

دور تاجر كبير ويمتلك أموالا طائلة وتعيش في فيلا كبيرة ولديك سيارة بل سيارات ولديك سائق

أعجب سامح بكلام العامل وراح يستمع إليه ويسرح بخياله بعيدا ويتخيل انه كل تلك الشخصيات التي كان العامل يصفها.

والعامل المقهى مستمر في كلامه وهو يقول:

يمكنك أن تمثل دور رجل عصابات وان لديك طائرة خاصة أو هيلوكوبتير

وهل تعلم ما الذي يمكنك أن تقوم بتمثيله وهو أمر يحبه كل الرجال؟

سامح:

ماذا تقصد؟

عامل المقهى:

لو كنت أنا كنت لأحب أن أمثل ذلك الدور الذي يحبه كل الرجال

سامح:

والذي هو؟

عامل المقهى:

كنت لأمثل دور رجل يحب كل النساء ولا يكتفي بامرأة واحدة بل لديه مئات العشيقات الشقراوات والسمراوات، الطويلات والقصيرات، النحيفات والبدينات

رجل يحب كل النساء

كل النساء

سامح:

كل النساء

كل النساء لي وأنا ملياردير

وراح يصرخ سامح الذي سرح بخياله وصدق انه
بين نساء كثيرا ولديه سيارة مكشوفة وهو يرتدي بدلة
بيضاء مقلة بالأسود ويضع قبعة على رأسه ولديه مال
كثير يوزعه

استمر سامح بالصراخ حتى صحا على صوت
عامل المقهى البسيط وهو يهزه من كتفه يقول له:

اخفض صوتك

أخفض صوتك لقد دخل بعض الزبائن

فتح سامح عينيه ليجد بأنه مازال في نفس المقهى وبملابسه القديمة وبشكله السابق، لم يكن إلا مجرد حلم قفز به إلى عالم آخر.

عالم جميل، فتح له عينيه على حياة أخرى، لقد اكتشف سامح بأن هناك حياة تنتظره ولكنه هو من لم يكتشف الطريق المؤدية إليها بعد

لقد اكتشف سامح المهنة التي لطالما كان يحلم بها، المهنة التي سوف تجعله يعيش حياة الثراء، حياة الرفاهية، بالإضافة إلى الشهرة والعبودية فقد كان يقول:

عندما أصبح ممثلا مشهورا سوف يعبدني الجمهور وينظر رؤيتي لكي يلقوا علي التحية ويصفقوا لي.

منذ تلك الحادثة الغريبة لتي حدثت مع سامح وقد تغيرت طريقة تفكيره وتحول كل تركيزه لكي يصبح منصبا على التمثيل ومهنة التمثيل وأيضا الثروة التي سوف تحققها له هذه المهنة.

لقد أصبح سامح لا يغادر بيته بل لا يغادر غرفته التي دخل إليها جهاز التلفاز لكي يتفرج على التلفاز ليلا نهارا ولا يسبب الإزعاج لوالدته العجوز.

بدأ سامح رحلته في حب السينما والأفلام ومشاهدة الكثير.. الكثير من الأفلام.

لم يكن يفرق بين فيلم وفيلم آخر ولا بين ممثل وممثل آخر، ولا بين نوع أفلام معين وآخر بل كان يشاهد كلما يعرض على القنوات التلفزيونية لأنه لم يكن يستطيع أن يدفع ثمن تذكرة لكي يذهب إلى قاعات السينما ويشاهد الأفلام الجديدة.

وبعد الكثير من الوقت الذي قضاه فقط في المشاهدة تطور حاله وأصبح يعيد الفيلم أكثر من مرة لأنه وفي العادة بعض الأفلام تعيد الأفلام التي تم عرضها خلال النهار ليلا، وبعد الساعة الثانية عشر ليلا تبدأ ساعة الإعادة لبعض البرامج وخاصة الأفلام.

كان سامح نبيها وأيضا ذكيا وسريع البديهة وسريع الحفظ، لقد كانت لديه ذاكرة نقية.

وبعد ذلك جاءت مرحلة ثالثة وهي المشاهدة والإعادة ومحاولة تتبع دور البطل في الفيلم وإعادة

الجمل التي يقولها البطل مقابل المرأة لكي يرى تعابير وجهه ورد الفعل.

لقد كان الأمر على ما يرام، وهو لا يحتاج أزياء ولا ديكورات لأنه كان يمتلك خيالا خصبا لذا يمكنه من تصور انه في قصر أو مزرعة أو قلعة.

وبدا يعتاد على الوضع ويرى نفسه في تلك الشخصيات التي لم تكن تناسبه تماما لا من ناحية الشكل فهو لم يكن وسيما جدا ولا يتمتع بمواصفات كثيرة.

ولكنه في نفس الوقت لدية شخصية مرحلة وله إصرار وطموح كبير.

وبعد بعض الوقت شعر بأن تلك الشخصيات تجعل شكله مضحكا بعض الشيء، فقرر أن يركز على الأدوار الخفيفة وفي تلك الحالة وجد بأنه يميل إلى الأدوار الثانوية وأصبح يميز بين أنواع الأفلام

والأدوار وأصبح يركز على اسم المخرج والمنتج ويكتشف الفرق بين فيلم وفيلم.

في هذه المرحة اكتشف سامح بأن الأفلام الدرامية وأفلام الحركة هي أفلام تكون فيها شخصية البطل معقدة وأيضا صعبة الميراس وهذا لا يناسبه أبدا.

بعد البحث ومحاولة التوصل إلى الحل المناسب اكتشف سامح بأن شخصية البطل تكون اخف وأكثر مرحا واقرب إلى القلب في الأفلام الكوميدية.

كما انه قد توصل إلى أن تلك الأدوار تناسبه أكثر وهي لا تتطلب مواصفات جسدية كثيرة، كما انه قد كان متوسط الطول وله مجه لا يمكن وصفه إلا بالمرح.

كان سامح طيبا وشخص حقا مجتهد ويمكنه العمل بتفاني إلا انه كما كان يقول قليل الحظ.

هو في الحقيقة لم يوفق في تحصله على عمل يناسبه أو كما كان يقول عمل يجعل منه مليونيرا.

فكر سامح جديا في الأمر وقرر بأن الوظيفة التي تناسبه والعمل المناسب له هو التمثيل وبعد كل ذلك التدريب الذي قام به ولوحده في البيت قرر أن يبذل جهدا من أجل التحصل على فرصة للعمل.

قرر سامح أن يجد عملا وان يتحصل على دور للتمثيل، وهكذا توجه إلى اقرب مكان يتم التمثيل فيه لأنه كان يعتقد بأنه إن أردت البحث عن القمح فاسأل عنه الخباز.

أي أنه إذا أردت أن تعرف أين يتم بيع السميد فاسأل الخباز ولن يخيب ظنك.

توجه سامح إلى مسرح قريب من البيت، وهو مسرح قديم ولا يكاد يقدم أية مسرحيات ولكنه كان المكان الوحيد الذي خطر بباله.

وصل سامح إلى المسرح لكي يجده مغلقا وعلى ما يبدو لا يوجد أحد هناك، فالمكان يبدو مهجورا.

لكن عندما هم بالعودة من حيث آتى سمع بعض الأصوات بالداخل فعاد أدراجه وطرق الباب طرقا شديدا

بعد بعض الوقت فتح له الباب رجل كبير السن وسأله:

من أنت وعن من تبحث؟

سامح:

مرحبا يا سيدي هل يمكننا أن نتكلم قليلا

عامل المقهى:

لقد سألتك من أنت؟ وهذه بداية للحوار

سامح:

طبعا معك حق.. أنا اسمي سامح سيد وأنا أعيش بالقرب من هنا على بعد شارعين.

الرجل العجوز:

وماذا تريد

سامح:

أريد أي شخص يعمل في التمثيل

الرجل العجوز:

لماذا؟

سامح:

سيدي رجاء أنا يائس، أنا ابحث عن أي شخص يعرف شخصا يعمل في مجال الأفلام

الرجل العجوز:

لم افهم بعد، لما قد تبحث عن شخص كهذا؟

سامح:

اسمعني يا سيدي قد لا تفهم السبب الذي يدفعني للبحث عن شخص مثل هذا لكن السبب هو سبب خاص

الرجل العجوز:

ما الذي تقصده بسبب خاص هل أنت تبحث عن شخص معين؟

سامح:

ما اقصده هو أنني أبحث عن أي شخص يعمل في مجال التمثيل لأنني أنا أحب التمثيل

أنا شخص يهوى التمثيل وأريد أن أجد ذلك الشخص لكي يساعدني

الرجل العجوز:

فيما يساعدك؟

سامح:

أنا أهوى التمثيل وأنا يائس، أريد أن يساعدني أي أحد لكي أدخل عالم الفن..

أريد أن أصبح ممثلا

الرجل العجوز:

أنت تريد أن تصبح ممثلا؟

سامح:

أجل أريد ذلك وأنا مصر على النجاح

الرجل العجوز:

الإصرار هو بداية النجاح

أظن انك سوف تنجح

سامح:

إذن هل تستطيع مساعدتي أنا لم أجد أمامي إلا هذا المسرح، هل تعرف شخصا يعمل في مجال الفن والتمثيل؟

الرجل العجوز:

أجل يا بني أعرف شخصا بتلك المواصفات

سامح:

أرجوك دلني عليه، فأنا بحاجته إلى أقصى الدرجات أنا حقا يائس

الرجل العجوز:

تفضل بالدخول سوف أخذك بجولة ثم أدلك على الرجل الذي سوف يساعدك لكي تحقق حلمك

سامح:

شكرا ل كانت حقا لطيف يا سيدي وأن تأخذي في جولة في المسرح هذا كرم منك

يسعدني ذلك لأنني سوف أدخل إلى المسرح لأول مرة

وأنا أفكر بطريقة مختلفة

الرجل العجوز:

تفضل بالدخول

سامح:

سوف أدخل إلى مهد الممثلين وصانع الفن المسرح

أظن أنني سعيد جدا بهذه الجولة

أخذ السيد العجوز سامح الشاب الطموح المحب للتمثيل بجولة في المسرح العتيق، وقد أعجب الشاب سامح بالمكان جدا وبتاريخه الذي راح يقصه عليه السيد العجوز بكل شوق وكأنه يأخذه في جولة في الزمن الماضي.

يبدو أن سامح قد اغرم حقا بكل ما له علاقة بالتمثيل وليس فقط بما يجنيه التمثيل للممثل من الشهرة والمال والثراء.

وبعد الجولة جلس الاثنان في مقاعد المسرح بينما الخشبة أمامها وراح السيد العجوز يحكي لسامح الكثير من قصص النجاح لفنانين مشهورين قد انطلقوا من هذا المسرح بالذات لكي يصبحوا ممثلين ينتمون إلى الصف الأول.

لم يصدق سامح بأن تلك الأسماء قد كانت هنا على هذه الخشبة بالذات فقال للسيد العجوز:

أنا حقا لا اصدق يا سيدي بأن هذه الأسماء قد كانت هناك على تلك الخشبة

هل تظن انه يمكنني الصعود على الخشبة؟

الرجل العجوز:

لما تريد فعل ذلك؟

سامح:

أريد أن أشعر بتلك الأرضية التي وقفت عليها تلك الأسماء المهمة

هل تعلم بأنني فقط البارحة كنت أشاهد فيلما للممثل المعروف فلان الفلاني؟

الرجل العجوز:

لقد كان يتدرب هنا على كل مسرحياته وذلك عندما كنت أنا طفل صغير

لقد عشت كل حياتي هنا في هذا المسرح وشهدت نجاحات كثيرة.

كنت آتي إلى هنا برفقة والدي الذي كان مسئول عن الممر الثالث.

لقد كان تمثيلهم صادقا جدا

سامح:

هل تريد أن تراني وأنا أؤدي لك أحد مشاهد فيلم ......؟

الرجل العجوز:

طبعا.. طبعا أحب ذلك

سامح:

أنظر إذن

تحمس سامح كثيرا وراح يؤدي بعض الأدوار والسيد العجوز يتعرف على الشخصية في كل مرة شخصية البطل والأدوار الثانوية والشخصيات الأنثوية.

لقد كان سامح يحفظ الأدوار عن ظهر قلب وأيضا الفعل ورد الفعل وكذلك الانفعالات وحركة الجسد وأيضا تعبيرات الوجه.

نال تمثيل سامح إعجاب الرجل العجوز كثيرا وبعد تصفيقه الحار له طلب منه الجلوس وسأله بعض الأسئلة وقال:

لقد قلت لي بأن عمرك 21 سنة؟

سامح:

أجل

السيد العجوز:

هل درست التمثيل في أي مكان؟

سامح:

لا أبدا

السيد العجوز:

هل أنت تقصد بأن ما فعلته للتو على خشبة المسرح هو فقط من باب الهواية؟

سامح:

أجل

السيد العجوز:

هل كنت تتدرب على تلك الأدوار في مكان ما؟

سامح:

لا أبدا فهذا المكان الأول الذي وجدته وله علاقة بالتمثيل كما أخبرتك من قبل، وأنا ابحث عن من يدربني أو يدلني على عمل لكي أصبح ممثلا

السيد العجوز:

إذن أنت تشاهد الأفلام منذ أن كنت طفلا صغيرا

سامح:

لا ليس كذلك

السيد العجوز:

ماذا تقصد؟

سامح:

لقد أحببت التمثيل منذ أشهر قليلة وقررت أن أصبح ممثلا

السيد العجوز:

هل أنت أكيد مما تقوله، لأنني لا استطيع أن اصدق ما تقوله؟

سامح:

نعم طبعا لقد اكتشفت حب التمثيل في المقهى القريب من البيت ومنذ ذلك اليوم قررت أن أصبح ممثلا

السيد العجوز:

اسم سوف أقول لك كلمة من رجل عاش كل حياته 86 سنة يرى الممثلين على تلك الخشبة وفقط من طريقة الوقوف يمكنني أن اعرف إن كانت الخشبة ترحب بك أو لا

وأنت يا بني ممثل

سامح:

هل ترى بأنني أصلح لأن أصبح ممثلا

السيد العجوز:

بل أنت ممثل

أجل أنت ممثل وأنا رأيت ذلك فيك، وأظن انه ينتظرك مستقبل زاهر في هذا المجال وخاصة إن بقيت بنفس هذا الإصرار.

سامح:

أنا مصر ولن أتراجع عن تحقيق حلمي آبدا

السيد العجوز:

هذه الروح المطلوبة

سامح:

هل ستساعدني يا سيدي هل تعرف أي شخص قد يأخذ بيدي؟

السيد العجوز:

نعم أعرفه إنه يقف أمامك بالضبط

سامح:

أنت يا سيدي؟

السيد العجوز:

طبعا أنا، هل تعلم أنا كنت مخرجا مسرحيا وقد عملت مع كبار الأسماء، كما انه كانت لي في الزمن البعيد فرقتي الخاصة بي وأيضا لقد دربت الكثير من الممثلين ويمكنني أن أدربك واصقل موهبتك، فهل أنت موافق؟

سامح:

طبعا أوافق يا سيدي طبعا طبعا

السيد العجوز:

اسمع سوف اجعل منك ممثلا حقيقيا وخاصة أنني أرى حب التمثيل في عينيك كما انه لدي أمر آخر لم أخبرك به

سامح:

وما هو؟

السيد العجوز:

أنا لدي علاقات وثيقة في التلفزيون والسينما ويمكنني
أن أجد لك عملا حتى لو كان مبدئيا إلى أن يلمع نجمك

سامح:

يلمع نجمي؟

السيد العجوز:

أجل انه تعبير فني نستعمله في صناعة النجوم

سامح:

هل تعتقد بأنني استطيع أن أصبح نجما؟

السيد العجوز:

طبعا يا بني ولكن يجب أن تتدرب جيدا وان تتعرف
على كل خبايا الاستوديوهات وما إلى ذلك

سامح:

هل فعلا سوف تجد لي عملا؟

السيد العجوز:

طبعا كما أخبرتك ولكن يجب أن تتدرب أولا وان
يكون تدريبك أكاديميا واحترافيا وليس تدريب الهواة
وأنا لن أقدمك إلى أصدقائي حتى تصبح جاهزا.

اسمع أنا أرى بأنه يجب أن تدرب بشكل يومي ولمدة
شهرين كاملين.

سامح:

ولكن يا سيدي

السيد العجوز:

لكن ماذا؟

سامح:

أنا أخبرتك أنني أبحث عن عمل لأنني لا اعمل

السيد العجوز:

لن يقبل أن يعطيك أحد أي عمل أو فرصة وأنت لا تمتلك شهادات معترف بها وليس لديك خبرة مهنية ولا يوجد من يدعمك ويقدمك لمن يسيطرون على المجال.

وأن حظيت بدور بسيط فانك سوف تصرف أجمل سنوات عمرك فالجري وراء الأدوار المماثلة ولن تصبح بطلا أبدا.

سامح:

ولكن يا سيدي ليس لدي مال أقدمه لك مقابل التدريب

السيد العجوز:

لا يا بني أنا سوف أدربك بالمجان، سوف أدربك لأنني أرى توهج موهبتك وأنا أحب هذا المجال ويسعدني أن أساعد ممثلا صاعدا.

سامح:

أحقا يا سيدي؟

السيد العجوز:

نعم طبعا يسعدني فعل ذلك

سامح:

لا يكنني أن أتصور ذلك المعروف العظيم الذي
ستقدمه لي

السيد العجوز:

ولكن بشرط واحد

سامح:

وما هو أنا مستعد لفعل أي شيء تريده

السيد العجوز:

الالتزام، أن تلتزم بالمواعيد، التمثيل ينطلق من الالتزام بالمواعيد واحترامها لأن الوقت يقابله المال وميزانية الإنتاج ولا يجب أن تستخف بهذه الأمور.

سامح:

حاضر سوف التزم بكل ما تطلبه مني

السيد العجوز:

وأيضا يجب أن تحافظ على شعلة الحماس

سامح:

حاضر سيدي

السيد العجوز:

موعدنا هنا غدا صباحا الساعة التاسعة

بدأ سامح مرحلة التدريب تلك واستمرت التدريبات بشكل يومي حتى رأى السيد العجوز بأن سامح أصبح متمكنا من أدواته وبعد ذلك قرر الرجل العجوز أن يقدم لسامح بعض المسرحيات فقام بالاتصال ببعض الأصدقاء والذين كان يعلم بأن لهم حب للتمثيل.

قام السيد العجوز بتدريب الفرقة التي جمعها من جديد على بعض المسرحيات والتي عرضوها

للجمهور بمبلغ رمزي وذلك لكي يقدم الفنان سامح إلى الجمهور.

لقد كانت فكرة تقديم سامح إلى الجمهور لعدة أسباب وهي تقديم سامح إلى الجمهور.

مساعدة سامح على استجماع قواه في بث مباشر.

محاولة تدريبه على البث المباشر أمام الجمهور أو كان أمام المخرج والكاميرا.

تدريب سامح على ضغط العمل وإطاعة أوامر المخرج والعمل مع الكثير من الزملاء، والتأقلم مع طاقم عمل كامل متكامل من تقنيين وفنيين ومصمم إضاءة ومصمم أزياء.

وأيضا الدخول في حالة من العمل المتكاملة وذلك بتوفر الأزياء والماكياج وما إلى ذلك من أدوات الممثل.

بالإضافة إلى احترام المواعيد النهائية ومواجهة النقد والتغذية الراجعة.

كان سامح وكأنه قد دخل مدرسة فنية، مدرسة سينمائية، وهو يتلقى الدروس النظرية والتطبيقية ويلقي عليه السيد العجوز بعض المحاضرات ويعلمه ويدربه، لقد كان بمثابة الأب الروحي له.

جرت الأمور على ما يرام، واستمتع الجميع
بالأمر فقد كان سامح سعيدا بما يحدث معه، كما أن
السيد العجوز قد استعاد مجته وأحيا ذكرياته وعاد إلى
المسرح الحقيقي من جديد.

الأمر الذي كان اكبر الأمور التي نالها واكتسبها
سامح بالإضافة إلى تعامله مع الجمهور وبعض المال
الذي كسبه هو تقدير الجمهور له.

لقد بنى سامح علاقة جيدة مع جمهوره، أجل لقد أصبح لديه جمهوره الخاص وكان الجمهور معجب بتمثيله وأدواره كثيرا وقد أعاد سامح الجمهور إلى المسرح.

اكتسب أيضا ثقة في النفس وأسلوبا راقيا في الكلام وقد قام السيد العجوز بدعوة بعض أصدقائه القدماء إلى تلك العروض وأيضا كان لديه صديق صحفي فطلب منه أن يكتب مقالة عن المسرح الذي أعيد إلى الحياة بفضل شاب هاو للفن والتمثيل.

بعد كل تلك الأحداث السعيدة وبعد أن كان السيد العجوز قد أجرى محادثات خاصة مع أصدقائه القدماء الذين زاروا العروض عرف سامح على أحدهم.

قدم صديق السيد العجوز الذي قرر أن يطلق سامح إلى عالم الفن إلى مخرج صديق ولكنه مخرج سينمائي الذي أعطاه دورا في فيلم سينمائي وهو دور ثانوي وبأجر بسيط.

لم يكن الدور ثانويا جدا لأن سامح لم يصدق عدد المشاهد التي تحصل عليها والأجمل من ذلك هو أن المشاهد كانت مع بطل الفيلم والذي هو ممثل مشهور جدا ومعروف ولم يكن سامح يحلم فقط بلقائه أو رؤيته في الواقع.

أما بالنسبة للأجر فقد كان المبلغ خياليا بالنسبة لسامح الذي كان عاطلا عن العمل.

عاد سامح إلى المسرح واخبر السيد العجوز بالأمر فقرر السيد العجوز أن يساعده على التدريب على الدور لأنه كان يعرف بعض الأمور عن المخرج الذي يخرج هذا الفيلم.

وهكذا وبعد تدريبه على كل المشاهد قام سامح بإنهاء الفيلم بنجاح وكان الفيلم ناجحا جدا عند إطلاقه وأصبح سامح أحد الأسماء المعروفة والمحبوبة ولكن ليس بالقدر الذي ترقبه سامح وانتظره.

اشترى سامح شقة وسط المدينة بدل شقة والديه في الحي الشعبي القديم وذلك من أجل مسايرة التطور ومن أجل أن يكون قريبا من الاستوديوهات وأيضا من أجل سمعته، فقد كان يجب على سامح أن يوفر مكانا لائقا لبعض اجتماعات العمل التي يجب أن تكون في شقته مثل لقاء مع مدير أعمال أو صحفي أو غير ذلك.

لكن سامح لم ينتقل بشكل كلي إلى تلك الشقة وذلك لسببين أولهما أن والدته رفضت رفضا قاطعا أن تبتعد عن الحارة التي عاش فيها كل حياتها وأيضا لم تستطع أن تبتعد عن كل المحيطين بها من أقارب وجيران في نهاية حياتها.

والسبب الثاني كان أن سامح لم يرد أن يبتعد عن المسرح والسيد العجوز كثيرا فقد كان يعطيه النصائح بشكل مستمر ومازال لديه ما يعلمه إياه.

بدأت بعض العروض تقدم لسامح بعد ذلك الفيلم الذي قدمه للمنتجين والمخرجين وأيضا إلى جمهور السينما ولكن السيد العجوز كان ينصحه بالتروي في اتخاذ القرارات وقد نصحه بأن لا يضع المال نصب عينيه

والمقصود بأن لا يضع المال نصب عينيه أي أن لا يوافق على الأدوار مرارا وتكرارا من أجل أن يكون ثروة أو يشتري بيت وسيارة أو ربما أن يجمع

مالا ويصبح لديه رصيد في البنك بل يجب عليه أن يركز على الدور في حد ذاته.

بالفعل كان سامح ليفكر في الأمر بهذه الطريقة لأنه كان ليريد أن تصبح لديه سيارة وشقة اكبر وبعض المال من أجل الثياب والمطاعم والمجاملات وهكذا أمور.

استمر سامح في العمل بتلك الطريقة ولكن الأمور لم تكن تجري على ما يرام إلا أن السيد العجوز كان مصرا على التروي

لقد اخبره السيد العجوز بأنه أخذ وعدا من أحد أصدقائه المنتجين بأنه سوف يجد له دورا مهما في أحد أفلامه وربما هذا الدور قد يقدمه إلى المنتجين والجمهور في ثوب آخر لأنه لم يشأ له أن يبقى في قالب واحد فهكذا لن يخرج منه إلى الأبد أو ربما يخرج بصعوبة ولكن الجمهور في تلك الحالة لن يكون الجمهور راضيا عن عمله لأنهم قد يشعرون بخلل في الموضوع.

السينما تسير بهذه الطريقة، فأحيانا عندما يقتنع الممثل بدور ثانوي لن يرقيه المنتجون إلى ادوار مهمة بل سيكتفون بطلبه إلى الأدوار الثانوية دائما وان طالب بدور مهم سوف يرفضون.

وهناك أمر آخر مختلف وهو أن الممثل إذا استمر في تقديم نفس الشخصي فان الجمهور يتعود عليه والمخرجون لا يخاطرون بتقديم ادوار مختلفة عنها أو مناقضة لها تماما لأنهم لا يحبون المخاطرة بما قد لا ينال إعجاب الجمهور الذي يتعود على بعض الأمور ولا يحبذ تغيرها.

المخرجون يميلون لتكرار الأمور التي تنجح في أفلامهم مثلا الثنائيات الناجحة على الشاشة يفضل تكراراها في أفلام أخرى والتي يتوقعون نجاحها على شباك التذاكر.

هناك أيضا الشخصيات التي تنجح مثلا مساعد البطل أو نقيض البطل، أو في دور الشرير أو .... فإن

الممثل إذا نجح في دور مثل هذه يفضل المخرجون تقديم نفس القالب له مرارا وتكرارا لنجاحه فيه.

رغم أن هذا الأمر كما هو ليس بالخاطئ تماما إلا انه يحد من إبداع الممثل الذي قد يستطيع تقديم ادوار أخرى ويبدع فيها أيضا.

دعوة غير معقولة

بعد مرور بعض الوقت وسامح لا زال ينتظر وبشوق كبير أن ينال فرصة تفتح الآفاق أمامه، حدث أمر غير متوقع، أمر يمكن وصفه بالمريع.

عندما توجه سامح في يوم من الأيام وفي وقت بعد الظهر إلى المسرح الذي لم يتوقف عن عرض

المسرحيات للهواة مند إعادة فتحه بفضل سامح والسيد العجوز، وجد بأن المسرح مغلق وعندما سأل عن السبب تم إخباره بأن السيد العجوز قد توفي ليلة البارحة واليوم جنازته لذا فان اغلب الموظفين والعمال في المسرح قد توجهوا إلى بيته لتقديم التعازي وحضور الجنازة.

حزن سامح على السيد العجوز كما لو انه كان أحد أقاربه وربما حتى لو انه كان والده، وقد كان الأب الروحي له.

بعد أن قدم سامح التعازي وعاد إلى شقته في الحي الشعبي شعر بأنه مخنوق في ذلك المكان ولم يستطع البقاء هناك لوقت طويل فغادر باتجاه شقته في الحي الراقي.

لقد كان يريد الذهاب إلى شقته لأنه وللحظة في بيت والدته قد شعر بأنه قد عاد إلى الماضي حيث كان فقيرا معدما لذا أراد وبشدة أن يتأكد بأن بالفعل قد قفز إلى مستوى آخر وان لديه بعض المال على الأقل

بالإضافة إلى تلك الشقة الصغيرة الجميلة في الحي الراقي.

من سوء حظ سامح وكما كان يعتقد أن موت السيد العجوز قد كان في هذه الفترة الحساسة من حياته، فقد كان يعتمد عليه اعتمادا كبيرة، وكان هو السبيل الوحيد لكي يصعد به إلى المستوى الذي يصبو إليه.

من سيساعده الآن؟

من الذي سوف يأخذ بيده؟

هذه الأسئلة وأسئلة كثيرة كانت تدور برأسه الذي يكاد ينفجر، لقد انفجر سامح باكيا ولكن البكاء لم يكن ليحل أية مشكلة.

بعد مرور أيام قليلة من العزلة والكآبة تلقى سامح اتصالا هاتفيا يمكن اعتباره بالجيد.

اتصال كان يحمل له بعض الأخبار الجيدة، لقد تم ترشيحه لدور في فيلم سينمائي.

وافق سامح على ذلك الفيلم رغم أن الدور ثانوي والأجر أقل من كل المرات السابقة، ولكنه كان يريد

الظهور على الشاشة بأية وسيلة وكان متلهفا للخروج من حالة الكآبة التي كان يعيش فيها منذ وفاة السيد العجوز الذي أخذ معه اسم صديقه المنتج الذي وعده بدور لسامح إلى القبر.

كان المنتج ليقدم الدور لسامح من أجل السيد العجوز ولكنه لم يكن ليقدم هذه الخدمة بعد وفاة السيد العجوز إلا أن سامح لم يكن يعرف ذلك.

وافق سامح على ذلك الدور الذي يمكن اعتباره بأنه كان دورا ناجحا ولكنه كان دور مكرر وأصبح له شخصية نمطية يقدمها له المخرجون في كل مرة.

بعد ذلك الفيلم أصبحت الأدوار متشابهة واقل أهمية وقيمة في الأفلام ولكنها تضفي لمسة مرح أحيانا وأحيانا كان يتلقى الكثير من الضرب والأجر لم يكن كافيا أبدا بل كان يتراجع إلى الوراء أحيانا لأنه في بعض الأحيان كان يوافق على تأدية دور لفيلم تنتجه شركة إنتاجية ناشئة أو تقريبا مفلسة ولكنه هو كان

يوافق دائما لأنه كان مصرا على العمل لعله يتقدم إلى الأمام.

لم يكن سامح في الحقيقة يتقدم إلى الأمام، وكان يساعد في نجاح الأفلام دون أن يعتبر ما يفعله نجاحا له هو بالذات أو يحسب في مسيرته الفنية بل أصبح النقاد يتناولون ادوار بالمملة والمكررة وانه لا يجيد التمثيل الحقيقي، فلو كان يمتلك الشجاعة لأدى أدوارا مختلفة، وأيضا لو كان جيدا لرشحه المخرجون لأجل ادوار مهمة ومثل هذا الكلام.

مرت بعض السنوات وسامح في نجاح فاشل أو فشل ناجح، لم يكن يتقدم أبدا، وقد ماتت والدته أيضا، وهو يم يفعل شيئا يذكر بالأجر الذي كان يتقاضاه على تلك الأدوار التي لم تضف إلى مسيرته الفنية أية قيمة تذكر.

لقد أصبح يسهر كثيرا في محاولة لمجاراة الوسط الذي هو فيه، فقد كان يحاول أن يجتمع كثيرا مع المنتجين والمخرجين وهذا ما جعله يتقرب من الجميع

ليتحصل على دعوة للحفلات التي يقيمها الجميع تقريبا.

لقد كانت تقام طوال الوقت حفلات في بيوت المخرجين والمنتجين والفنانين وأحيانا يحضرها اغلب طاقم التمثيل وأحيانا يحضرها فقط الناس المميزون.

لكن سامح سمع بأنه في تلك الحفلات يتم توقيع الكثير من العقود، وأيضا تظهر الكثير من الفرص للكثيرين.

كما أن سامح قد أصبح يعاقر الشراب لأنه لم يكن يحظى بالكثير من الفرص لا للأدوار الجيدة ولا لحضور الحفلات وهذا ما جعله يصبح كئيبا ويتعلم العادات السيئة.

تمكن سامح من حضور إحدى اهم الحفلات وهي في بيت أحد المنتجين وقد كان فيها الكثير من الممثلين المشاهير والصحفيين والعديد من صناع السينما.

في تلك الحفلة كانت هناك إحدى الممثلات الشهيرات وهي ممثلة قديرة وكبيرة في السن مقارنة بسامح

لقد كانت تلك الممثلة جليلة رفيق المعروفة باسم ريري تراقب سامح في الحفلة خلسة، وقد كان يبدو عليها الاهتمام البالغ به، حتى أنها قبل أن يغادر الجميع طلبت من أحد الممثلين أن يقربه إليها لكي تراه وتكلمه.

تقدم إليها سامح الذي لم يكن يصدق نفسه لأنه قد حظي بفرصة الكلام معها وإبداء إعجابه بها.

تكلمت معه قليلا وقد أعجبت بحس فكاهته وأيضا بصدقه وبساطته، وقد كان كثير الكلام ولا يتم إيقافه عندما يبدأ.

لم يحصد سامح الكثير من النتائج الناجحة في تلك الحفلة مثلما كان يتوقع، ولم يكن لديه مدير أعمال لكي يساعده لأنه لم يكن يستطيع أن يدفع لقاء خدمات مدير

الأعمال فأجره في الآونة الأخيرة لم يكن كافيا لتغطية حاجياته.

تفاجأ سامح بأن جاءه عرض لدور مهم بل مهم جدا ولكن المشاهد قليلة أما الأجر فقد كان عاليا جدا، اجر لم يتقاضى ما يقاربه أبدا.

لقد كان دوره أمام البطلة بالذات، وتم إخباره بأن البطلة هي التي رشحته للوقوف أمامها، وقد كانت نفس الممثلة القديرة التي تعرف عليها في الحفلة قبل أيام.

تلقى سامح دعوة إلى بيت الممثلة القديرة وقد كان هناك المنتج والمخرج وكانت تقدم بعض التصريحات للصحافة من أجل الفيلم القادم.

لم يحظى سامح بالكثير من الوقت للجلوس أو الكلام مع الممثلة وشعر بأن تواجده هناك كان غير مهم، ولكنه قد انبهر بالأسلوب الراقي الذي تعيش وفقه الممثلة القديرة جليلة رفيق

لقد كانت ثرية جدا، كانت امرأة ملياردديرة، ولديها فيلا تشبه القصر إلى ابعد الحدود، وفي بيتها خدم وحشم وسيارات مركونة في ساحة القصر.

كان سامح جالس هناك بكل هدوء وهو يلعب دور المراقب، كان يرى بأم عينه لأول مرة كيف يتم إمضاء العقود وكيف يتناقش المخرج والمنتج مع الممثل المهم أو الممثل الذي هو الأساس في الفيلم الشخصية البطلة.

لم يستطع سامح أن يتمالك نفسه فقد دهش وكانت علامات الدهشة واضحة على وجهه وملامحه، لقد عاد إلى إحدى عاداته وكان يتخيل انه هو مالك تلك الفيلا، وان كلما يدور هناك هو من أجله هو.

لقد تخيل نفسه بأنه هو الممثل المشهور والذي تقام الاجتماعات المهمة في بيته.

للحظات سعيدة تخيل كيف كان ليكون الوضع لو انه قد نال فرصته الحقيقة ولكن لحظه العاثر هو لا

يتحصل إلا على الأدوار الثانوية أو المشاهد المحدودة
ولا يستطيع حتى أن يستعين بمدير أعمال قد يساعده.

الحظ العاثر يجد فرصة

كان ذلك العرض الأخير الذي تلقاه سامح ما هو إلا محاولة من الممثلة القديرة لفعل أمر ما، أمر كانت تفكر فيه كثيرا في الفترة الأخيرة وخاصة بعد تلك الحفلة التي التقت فيها بشكل خاص بالممثل الشاب الصاعد والمناضل سامح عيد.

أرسلت الممثلة القديرة في طلب سامح إلى بيتها، وأخبرته بالاتي:

سامح هل تعلم بأنني أنا من رشحتك لهذا الدور؟

سامح:

أجل سيدتي لقد أخبروني بذلك

الممثلة القديرة:

لا تنادني بسيدتي أنت تجعلني أبدو اكبر سنا هل هذا ما تحاول فعله؟

سامح:

لا أبدا اعتذر يا سيدة ريري اعتذر

الممثلة القديرة:

ناديني باسمي ريري

سامح:

حسنا كما تأمرين

الممثلة القديرة:

كما آمر لا بل قل كما تريدين

سامح:

حسنا ريري كما تريدين

الممثلة القديرة:

جيد، هل تعلم لما طلبت منك الحضور إلى هنا؟

سامح:

لا.. لا اعلم

الممثلة القديرة:

اسمع لدينا بعض المشاهد ويجب أن نتدرب عليها معا،
فما رأيك؟

سامح:

كما تريدين

الممثلة القديرة:

اسمع أنت تعلم بأنني ممثلة لي وزني وأنا لا أحب إعادة المشاهد لذا أريد منك أن تتدرب على كل المشاهد لكي لا نضطر لإعادة المشاهد.

فإعادة المشاهد يقلل من قيمة الممثل وأنا لم أتعود أن تعاد المشاهد التي أنا فيها أبدا.

سامح:

كما تريدين سوف أبذل كل جهدي

الممثلة القديرة:

لا تتوتر لأن مدربي الخاص سوف يكون هنا كل يوم تدريب وسوف يساعدك لكي تحسن من أدائك

سامح:

حقا أنا شاكر لفضلك

الممثلة القديرة:

أنا أعتني بأصدقائي المقربين

سامح:

عفوا سيدتي هل تقصدين بأنك تعتبرينني صديقا

الممثلة القديرة:

أوف.. سيدتي من جديد..

هكذا أنا سوف أغضب منك

سامح:

لا.. لا تغضبي رجاء لن أعيد خطئي مرة أخرى،
اقبلي اعتذاري رجاء

الممثلة القديرة:

قبلته ولكن لا تعد الكرة

سامح:

حاضر

الممثلة القديرة:

اسمعني جيدا يا سماح

أنا لا أدعو أي شخص إلى بيتي وقد دعوتك لأنني أرى بأنك شخص مميز

سامح:

أشكرك كثيرا هذه شهادة ووسام سوف أعلقه على صدري

أعطته الممثلة القديرة شرابا وقالت:

أظن أننا سوف نتفق كثيرا

قبول الحظ الجيد مقابل أي ثمن

دخل سامح إلى جنة النعيم حيث اصب حياتي بشكل يومي لكي يتدرب على المشاهد حتى قبل انطلاق التصوير بشكل رسمي ولكن الممثلة القديرة كانت هذه عاداتها.

كان يأتي كل يوم وتدرب كثيرا على نفس الدور وأحيانا يتوتر من الممثلة فيخطئ في الجمل، فقد كانت

الممثلة ورغم تقدمها في السن إلا أنها كانت أيقونة جمال، كانت جميلة بشكل ملحوظ وهي من النوع من النساء اللواتي يولين الكثير من الاهتمام والعناية بأنوثتهن وقد كانت أنوثتها طاغية.

وأحيانا كان سامح يعيد المسهد لأن المدرب لم يعجب بتصرفاتها وحركاته وانفعالاته لذا كان يوجهه لكي يخرج منه أفضل النتائج.

لقد كان لدى الممثلة القديرة مدرب محترف وله شهادات دولية وعالمية وهو الذي يهتم بكل أدوارها.

بعد كل تدريب كانت الفنانة القديرة تطلب من سامح البقاء لتناول طعام الغداء فقد كان التدريب غالبا صباحا، وقد كانت تفرش له السفرة بألذ وأشهى الطعام.

كان سامح يستمتع بوقته في جنة النعيم التي دخلها، استمتع بالطعام، واستمتع بالبقاء في الفيلا الجميلة التي لم يرى لها مثيلا إلا في الأفلام، واستمتع

كثيرا بقضاء بعض الوقت على المسبح إلا أنه لم يسبح.

بدأ التصوير وكان سامح جاهز لكل المشاهد، كما أن المخرج قد لاحظ بأن سامح متطور في تمثيله كثيرا، لقد أعطى التدريب نتائجه.

بعد نجاح بعض المشاهد وقد أخذت الممثلة القديرة فترة راحة بينما يقوم المخرج بتصوير مشاهد أخرى لم تكن للممثلة ولا لسامح علاقة بتلك المشاهد.

لقد كان بطلب من الممثلة القديرة أن تتم برمجة تصوير المشاهد بهذه الطريقة، بعض المشاهد ثم راحة وبعدها بعض المشاهد وهكذا.

لم يطلب من سامح المجيء إلى بيت الممثلة القديرة في مرحلة الراحة تلك إلا إن سامح اعتقد بأن التدريبات سوف تستمر.

وفي يوم تلقى مكالمة وكان عليه التوجه إلى بيت الممثلة القديرة التي أخبرته بأنها كانت مريضة قليلا وسوف يعودان إلى برمجة البروفات والتدريبات قبل بدء التصوير.

سر سامح بأمر العودة إلى تلك التدريبات، ولكن كان لدي الممثلة القديرة أمر آخر تصارحه به فقالت له:

أريد أن أخبرك يا سامح بأمر

سامح:

تفضلي

الممثلة ريري:

لقد سمعت بعض الآراء عن المشاهد التي أدياها معا ولدي رأيي الخاص أنا أيضا.

سامح:

وما الذي سمعته؟ وما هو رأيك الخاص لو سمحت؟

هل هي أمر جيدة؟

الممثلة ريري:

لما أنت متوتر هكذا إنها أخبار جيدة لا تقلق

سامح:

اخبريني رجاء لقد أثرت فضولي وأنا حقا متوتر

الممثلة ريري:

لقد أشاد بتمثيلك الجميع وأنا أيضا أظن انك ممثل رائع

سامح:

حقا تعنين ذلك؟

الممثلة ريري:

نعم طبعا

سامح:

وهذا هو رأيك الخاص؟

الممثلة ريري:

رأيي الخاص أقوى من ذلك

سامح:

كيف؟

الممثلة ريري:

أنا أتوقع لك مستقبلا زاهرا وأتوقع أن تصبح ممثلا كبيرا وذا سمعة عظيمة ولكن...

سامح:

ولكن؟

الممثلة ريري:

ولكن يجب عليك أن تبذل جهدا مضاعفا

سامح:

كيف؟

الممثلة ريري:

السؤال الأهم هو هل أنت تريد أن تصبح ممثلا شهيرا؟ وليس كيف، فهل أنت مصر على الوصول إلى القمة؟

سامح:

طبعا أنا أريد الوصول إلى أية مرحلة من الشهرة

الممثلة ريري:

لا هذا خطأ

سامح:

ماذا تقصدين؟

الممثلة ريري:

لا يصل إلى القمة من يرضون بأية درجة أو أي قدر، بل يجب أن يكون طموحك كبير وأهدافك سامية وما تصبو إليه هو أعلى المراتب.

سامح:

أنا أريد

الممثلة ريري:

لا تقلها هكذا بل قل أنا اطمح إلى أعلى مكانة بين الممثلين

سامح:

أنا اطمح إلى أعلى مكانة بين الممثلين

الممثلة ريري:

قلها بأعلى صوتك

سامح وبأعلى صوته قال:

أنا اطمح إلى أعلى مكانة بين الممثلين

الممثلة ريري:

أجل هكذا أنت سوف تنجح

وهو يضحك سامح:

أجل سوف أنجح

الممثلة ريري:

هل تعلم أمرا؟

سامح:

ماذا؟

الممثلة ريري:

هل تعلم يا سامح بأن لديك ابتسامة جميلة

وبعد ذلك اقترب الممثلة القديرة من سامح وقبلته،
لكنه خاف كثيرا وفزع من مكانه وراح يعتذر وكأنه قد
ارتكب جريمة شنيعة.

كانت الممثلة القديرة لتغضب كثيرا من سامح
لسوء تصرفه ولكنها تفاجأت برد فعله وسألته وقالت:

ما بك لما أنت تتصرف هكذا؟

سامح:

اعتذر يا سيدتي لأنني قد تجاوزت حدودي

الممثلة ريري:

اجلس يا سامح رجاء أريد أن أسألك سؤالا

سامح:

حسنا

الممثلة ريري:

أنت تعلم بأنني معجبة بلك، وأنصت لكلامي جيدا،
يمكنني أن اجعل منك نجما لا معا، أنا امتلك كل القدرة
لفعل ذلك، يمكنني أن أوفر لك كل وسائل الراحة
سوف أجعلك نجم الصف الأول.

سوف أجعلك تصعد إلى القمة في لمح البصر،
سوف تكتب عنك الصحافة نقدا ايجابيا ويشيد بك
المخرجون وسوف أساعدك لكي تصبح نجما لامعا.

سوف تكون أنت بطل أكل الأفلام والأعلى أجرا

هل يرضيك ذلك؟

سامح:

سيدتي كل هذا، ولما عساك تفعلين كل هذا؟

الممثلة ريري:

ألا تفهم؟

سامح:

افهم ماذا؟

الممثلة ريري:

تفهم هذا؟

نحن،

علاقتنا

سامح:

هل تقصدين بأن ما أفكر فيه هو حقا أمر صحيح

الممثلة ريري:

أجل طبعا هو أمر صحيح

سامح:

ولكن....

الممثلة ريري:

لا تقل لكن، لأن كلمة "لكن" تجعل مسافة وتجلب
الكثير من الظنون والشك

وأصبحت نجما

كانت الممثلة القديرة حريصة على أن لا يعلم أحد بعلاقتها بسامح لأن هذا الأمر كان ليخلص لها المشاكل وخاصة في الصحافة وبين الجمهور

كان ليتناقلها الناس بأنها عجوز تتصابى لأنها تقيم علاقة مع شاب يصغرها بأكثر من ثلاثين سنة، وهذا ما جعلها تحاول التكتم على الأمر.

كان سامح يزورها باستمرار في بيتها وكانت هي تعلمه السباحة لأنه لم يكن يعرف كيف يسبح.

لقد استمتع الثنائي بأشهر رائعة وكانت علاقتهما جميلة، فهو كان معجبا بالحياة التي قدمتها له ن طعام وثياب وحياة في فيلتها.

أما بالنسبة لها هي فقد كانت معجبة بذلك الشاب المرح الذي أعاد إليها البسمة والحياة ونبض القلب والشباب.

لقد حاولت الممثلة القديرة أن تستمتع بوقتها مع ذلك الشاب ولكنها لم تفكر في الارتباط به بشكل رسمي لأن هذا لا يخدم صورتها الاجتماعية.

لكن الممثلة القديرة لم تكن لتسمح لسامح بالذهاب بعيدا، لقد كانت متمسكة به للغاية.

كانت الممثلة القديرة تفكر في جعل سامح ممثلا ناجحا كما وعدته إلا انه هو في الحقيقة لم يكن يحسب حساب المستقبل وكان سعيدا بما يعيشه الآن معها في

بيتها وقد أصبح يشعر بما يشعر به الأثرياء فهو يتمتع بالرفاهية التي تعيشها هي.

بعد إطلاق ذلك الفيلم الذي جمعهما أشادت الصحافة بتمثيل سامح وذلك بطلب من الممثلة القديرة لقد أوفت بوعدها وأصبح حديث الصحف.

ولكن ما حدث ورغم انه يخدم سامح إلا أن الصحافة قد وضعت عينيها عليه.

تراجعت الممثلة القديرة عن مقابلاتها مع سامح لكي لا تلفت علاقتهما النظر، كما أنها قد ألغت فيلما كانت تفكر في إطلاقه بطلا لأول مرة أمامها ولكن هذه الفكرة لم تعد صالحة بعد الإشاعات التي أصبحت تنتشر في الهواء.

بالرغم من طل ما كان يحدث إلا أن الممثلة القديرة قد أطلقت سامح كبطل لأول مرة في فيلم لأحد المنتجين أصدقائها.

وأطلقت فيلما آخر بعد ذلك.

لقد أصبح بطلا ولكن الأمر الذي كان يزعج الممثلة القديرة هو كيفية لقائها بسامح وفي السرية التامة.

بعد أن لاحظت الممثلة القديرة بأن الفتيات أصبحن يلاحقن سامح وعدد المعجبات كل يوم في تزايد.

كما أن الممثلات أيضا أصبحن يطلق الإشاعات حولهن مع سامح من أجل الشهرة وأيضا ربما يكون هناك طموح بأمر آخر وهذا ما كان يخيف الممثلة القديرة كثيرا.

النجاحات المستمرة

فكرت الممثلة القديرة في خطة وفكرة لكي تسيطر على الوضع فهي كانت تريد أن تجعل من سامح ممثلا ناجحا كما وعدته وهي بالفعل قادرة على فعل ذلك إلا أنها كانت تفكر كثيرا في نفسها.

وبعد الكثير من التفكير قام باستدعاء سامح وقالت له:

سامح حبيبي أنت تعلم كم أنني احبك

سامح:

وأنا أحبك أيضا يا حبيبتي

الممثلة ريري:

ولكن...

سامح:

ألم تقولي أن لكن تجعل المسافات؟

الممثلة ريري:

حبيب هذا ما أنا أفكر فيه مند عدة أسابيع لا أريد أن تصبح بيننا مسافة

سامح:

ولما ستصبح بيننا مسافة؟

الممثلة ريري:

أنت تعلم أن مركزي حساس وهناك الإشاعات عنا أنت وأنا وأيضا الإشاعات عنك أنت والممثلات الشابات وأيضا الفتيات

سامح:

ولكن أنت تعرفين الحقيقة أنها مجرد إشاعات

الممثلة ريري:

الأخبار التي تتناولنا ليست فقط إشاعات فأنت وأنا ....

سامح:

أنا احبك كثيرا ولا أريد أن ننفصل

الممثلة ريري:

ومن تكلم عن الانفصال؟

سامح:

لقد ظننت أنت تريدنا أن ننفصل

الممثلة ريري:

لا.. لا يمكنني أن انفصل عنك فأنا أحبك

سامح:

وأنا أيضا احبكي يا حبيبتي

الممثلة ريري:

أعلم ذلك يا حبيبي

سامح:

ما الذي كنت تتكلمين عنه إذن؟ ما قصدك؟

الممثلة ريري:

اسمع لدي بعض الاقتراحات وان وافقت عليها سوف نجتمع إلى الأبد وسوف تصبح البطل الأول في كل الأفلام التي سوف أنتجها لك أو اجعل المنتجين يقوموا بها لأجلك

سامح:

أنا في الإنصات

الممثلة ريري:

سوف أرعاك إلى الأبد وبالمقابل عليك الوفاء لي وان تكون وفيا ووفيا في حبه لي.

سامح:

كما تريدين أعدك

الممثلة ريري:

لا أريد فقط وعودا بل لدي فكرة أعظم من ذلك
وخاصة أننا لم نعد نلتقي مثل السابق وأنا اشتاق لك
كثيرا

سامح:

ما هي فكرتك؟

الممثلة ريري:

سوف يأتي المحامي بعد قليل وسوف يحضر كل
العقود اللازمة.

سامح:

عقود ماذا؟

الممثلة ريري:

عقود كلها تهمك وتهمني أنا أيضا

سامح:

أثرت فضولي

الممثلة ريري:

أولا

لقد أسست شركة إنتاجية ولكن ليس تحت اسمي بل تحمل اسما آخرا وسف يحضر لك المحامي عقد احتكار

لقد قررت أن أنتج لك كل سنة فيلما من بطولتك وترافقه الحملة الإعلانية اللازمة

وقد وضعت لك مدير اعمل وهو قريب مدير أعمالي

سامح:

كل هذا؟

الممثلة ريري:

إنتظر.. أنت لم تسمع كل ما لدي

سامح:

هل تقصدين بأن هناك المزيد؟

الممثلة ريري:

طبعا هناك المزيد

سامح:

مثل ماذا؟

الممثلة ريري:

أريد أن تأتي للعيش هنا معي

سامح:

وماذا عن الصحافة وكلام الناس وكل تلك الأمور آنت تعرفين بأن الإشاعات تشتعل كالنار

الممثلة ريري:

لا تقلق لدي فكرة لكي نتخلص من هذه النقطة

سامح:

أخبريني

الممثلة ريري:

أولا

عليك أن تعرف بأنني قد جهزت لك هدية

سامح:

هدية أخرى؟

الممثلة ريري:

تعال معي إلى الشرفة لكي اريك هديتك

توجها إلى الشرفة التي لم يكن بها شيء يذكر ولكنها
قالت له:

أغمض عينيك وقف بهذا الاتجاه

فعل سامح ما طلبته منه ثم قالت:

افتح عينيك وهاهي المفاجأة

ولكن سامح لم يرى شيئا أمامه إلا المناظر الجميلة في
حديقتها الخلفية فقالت له:

ما رأيك؟

قال سامح:

عذرا ولكن أنا لست أرى شيئا

الممثلة ريري:

كيف لست ترى شيئا

ماذا يوجد هناك؟

سامح:

حديقتك الخلفية

الممثلة ريري:

وماذا يوجد وراءها؟

سامح:

السور الخلفي

الممثلة ريري:

وماذا يوجد وراءه؟

سامح:

فيلا الجيران

الممثلة ريري:

لا أنت مخطئ بل فيلا سامح سيد

فيلاتك

سامح:

لا اصدق

الممثلة ريري:

بل صدق أنها هديتي لك، فهل أنت سعيد؟

سامح:

بل سعيد جدا، منذ أول يوم رأيتك والسعادة لا تفارقني،

أنت سعادتي

الممثلة ريري:

وأنت الحب الذي عثرت عليها أخيرا ولن اسمح لأحد بأن يفرقنا

حضن سامح الممثلة القديرة وقال لها:

لن نفترق أبدا

الممثلة ريري:

أجل لن نفترق

أشارت بإصبعها نحو الفيلا الجديدة وقالت:

هل ترى ذلك السور سوف نتخلص منه.

سامح:

كما تريدين حبيتي

جلست الممثلة القديرة على الكرسي الذي في الشرفة وقالت:

هناك أمر أخير

سامح:

وما هو؟

الممثلة ريري:

انه عن الفكرة التي توصلت إليها لكي ننفي كل الإشاعات ولا نترك مجالا للشك

سامح:

ألم تكوني تقصدين الفيلا وأن نصبح جيرانا

الممثلة ريري:

لا ليس ذلك

سامح:

ماذا إذن؟

الممثلة ريري:

أريدك أن تتزوج

سامح:

لا لن أتزوج كما أنني لا اصدق انك تطلبين مني فعل ذلك

الممثلة ريري:

بلى صدق فزواجك سوف يجعل الأمور تسير بشكل طبيعي

سامح:

لا .. لا أريد

الممثلة ريري:

بلى يجب عليك فعل ذلك من اجلنا نحن الاثنان

سامح:

لا يمكن رجاء لا تطلبي مني ذلك

الممثلة ريري:

وأنا قد اخترت لك الزوجة المناسبة

سامح:

لا يعقل، كيف تقولين ذلك؟

الممثلة ريري:

اسمع انه مجرد زواج شكلي

سامح:

أنت تعرضيننا للخطر

الممثلة ريري:

لا تقلق لن يكتشف الأمر أحد كما أنني قد أخذت كل احتياطاتي.

سامح:

كيف تفكرين في أن تثقي بأية امرأة قد تكتشف سرنا وربما تكشفنا علنا

الممثلة ريري:

الأمر ليس كذلك أنها خطة مدروسة كما أنها ليست بغريبة

سامح:

ماذا تقصدين؟

الممثلة ريري:

إنها ابنتي

سامح:

ابنتك؟ لا يعقل

الممثلة ريري:

ليست ابنتي حقا بل قريبتي الوحيدة إنها ابنة أختي وقد قررت أن احضرها إلى هنا للعناية بها وبالمقابل سوف اجعلها توافق على هذا الأمر

سامح:

وكيف تكون علاقتنا نحن الثلاثة؟

الممثلة ريري:

لا وجود لكلمة ثلاثة، لا تعد قول هذه الكلمة

سامح:

إذن كيف تصفين الأمر؟

الممثلة ريري:

أنا وأنت

أنا وأنت فقط

أما هي فهي فتاة فلاحة ولن تكون لك علاقة بها إلا أنني سوف أعطي أمرا لمدير أعمالي بأن يكتبوا في كل الصحف والمجلات أنك قد تزوجت ابنتي وهكذا نقطع السنة الجميع.

حققت الممثلة القديرة كل طموحاتها وقد اعتزلت لكي تتفرغ لحبيبها الذي كان مشغولا بالنجومية والشهرة التي وفرتها له، كما أنها قد حققت له كل أحلامها التي حلم بها والتي لم يكن ليفكر في حدوثها لأنها كانت كالمعجزات.

اعتزلت وبقيت في البيت الذي أصبح حبيبها يملؤه بالسعادة وقد عاشت معه سنوات طويلة وهو عشيقها بينما هو أمام الناس زوج ابنتها.

استمر ذلك العقد الذي وقعه سامح أول مرة مع شركة الممثلة القديرة الإنتاجية عشرة سنوات وتم تجديده لعشرة سنوات أخرى.

بعد وفاة الفنانة القديرة اكتشف سامح بأنها قد تركت له كل ثروتها بالإضافة إلى الشركة الإنتاجية والتي ساعدته كثيرا في مشواره.

استمرت نجاحاته وبطولاته وحافظ على مكانته التي لم يزحزحه من عليها أحد أبدا.

ورغم صعود الفنانين الشباب كل يوم إلا أنها بقي في القمة وتشبث بها إلى النهاية ولم يعتزل بل استمر في التمثيل حتى آخر أيام حياته.

Sommaire

www.ingramcontent.com/pod-product-compliance
Lightning Source LLC
Chambersburg PA
CBHW051226160726
47994CB00002B/767